다이어그램처럼 글쓰기

다이어그램처럼 글쓰기

조해나 드러커 지음
최슬기 옮김

초판 1쇄 발행 2019년 10월 1일
2쇄 발행 2021년 9월 10일
발행 작업실유령
편집 민구홍
디자인 슬기와 민
제작 세걸음

ISBN 979-11-89356-22-4 03800
값 15,000원

워크룸 프레스
03043
서울시 종로구 자하문로16길 4, 2층
workroompress.kr

문의
전화 02 6013 3246
팩스 02 725 3248
info@workroom-specter.com
workroom-specter.com

그래픽 관계의 의미 체계
의미 관계의 그래픽 표현

첫머리에 배치된 말은 공간을 규정한다.

첫머리에 배치된 말은 공간을 규정한다.

말할 나위 없이 당연하지만 동시에 너무나 복잡해서, 이 행위와 함축 의미를 충분히 해석하려면 책 몇 권이 필요하다. 캔버스에 처음 그은 획이 나머지 요소를 규정한다고 말하는 화가도 많고, 붓 자국 하나하나가 이후 더해지는 요소와 어떤 관계를 이루며 어떤 효과를 낳는지 자세히 밝히는 형식 분석도 있다. 그러므로 첫 진술을 바로 밑에서 대좌처럼 지탱하는 산문으로서 이 문단을 쓰는 일 자체가 이미 진술의 취지를 왜곡하는 셈이다. 사실 저 진술은 홀로서기를 요구하고, 아래 영역이 위 영역과 어떻게 다른지 극적으로 드러내며 증명해 보이기 때문이다. 진술의 무게 중심을 가로지르는 보이지 않는 선을 기준으로 미묘한 균형이 잡히는데, 이 페이지의 무게 중심은 '배치된'이라는 단어 중간쯤에 있다. 진술의 비대칭 균형 축을 찾는다면 그렇다. 하지만, 글로 쓰면 첫 번째 단언은 전혀 다른 논증, 즉 선언이 아니라 담론을 시작하는 논증으로 바뀐다. 첫 진술의 위치를 옮기고 페이지 비례, 활성 영역과 휴면 영역에서 어떤 변화가 일어나는지 살펴보자. 첫 번째 연습: 배치와 효과. 평면에서는 위치가 관계를 조직한다.

　모든 결정의 효과는 다른 모든 결정에도 영향을 끼친다. 글줄 오른쪽이 둘쭉날쭉한 글은 양단을 맞춘 글과 다르게 호흡한다. 엄격한 훈련은 사각형이 부과한 습관을 살핀다. 우리는 인쇄의 장구한 예법에 따라 가지런히 맞춘 글줄을 기대한다. 이 글줄은 위 문단의 글줄과 조금 다르게 처신한다. 이 차이는 어떤 평가나 가치와도 무관하다. 단지 인지되어 효과를 나타낼 뿐이다.

앞 페이지에서 이 페이지로 이동하는 과정은 그래픽 디자인의 기초 원리로 명시할 수 있다. 상하 영역을 확보하고 하단과 상단의 비례를 결정하는 등 구역을 분할하는 행위는 여느 창작 행위만큼이나 심오하게 잠재성을 띤 장에 개입한다. 첫 번째 행동, 시동하는 몸짓, 일차 이동은 몹시—하지만 어디까지나 우연히도—심오하다. 이후 모든 일은 이 시동 행위와 관계 맺지만, 무엇도 그로써 결정되지는 않는다.

글귀 한 줄이 홀로 선 첫 페이지의 비례를 보자. 글줄은 중앙에서 조금 왼쪽으로 비껴나 안쪽 여백 쪽으로 치우쳐 있다. 기계적으로 중앙에 놓으면 페이지 밖으로 날아가 버릴 것이다. 더 아래로 내리면 거대한 위 공간에 짓눌릴 것이다. 너무 위로 올리면 지나치게 조급하고 건방져 보이는 데다가 즉각 관심을 끌려는 노력이 부담스럽게 느껴질 것이다.

곧바로 딜레마가 생긴다. 글줄을 고립된 개체로 취급해 여백과 바른 관계를 맺도록 놓을 것인가, 아니면 이후 일관성 있게 전개될 관계 체계를 소개하게 할 것인가. 바로 앞 페이지에서 해당 글줄은 첫 페이지에서보다 조금 왼쪽으로 이동했다. 이유는? 본문이 뒤따르기 때문이다. 표준에 따라 결정되는 본문 위치는 안정감을 확보해 주는 여백을 존중해야 한다.

정적인 듯한 페이지 공간은 벡터와 힘이 전개되는 무대다. 정지는 요소들 사이에 균형을 잡으려고 내린 선택들이 빚어내는 착시 효과다. 평형을 낳는 해법은 무수하다. 불균형을 낳는 해법도 무수하다. 어느 쪽이 낫다고는 할 수 없다. 어떤 상태도 도덕적 가치와는 무관하다. 디자인 문제도, 양식과 비례 문제도 아니다. 수사적 힘의 문제다. 논증 요소 간 관계의 벡터가 빚어내는 긴장이다. 그 효과는 명료하고 독립적이고 묘사와 판별이 가능하며, 요소를 조직하는 명시적 매개 변수에 따라 평가할 수 있다. 평형과 조화 체계에는 문화적 편견도 스미지만, 비례에 규칙이 있다는 사실은 고대인들도 알고 있었다. 대칭 조화는 안정감을 낳는다. 비대칭 조건은 역동적 평형을 낳는다. 서구에는 닫힌 조건과 해법을 선호하는 전통이 있다. 페이지의 도(道)에는 다음 페이지와 같은 입장과 퇴장, 움직임이 필요하다.

연속성은 형태의 속성뿐 아니라 기대감에도 근거한다. 어떤 속성도 절대적이지 않고, 본질적이지도 않다. 만물은 상대적이다.

첫머리에 배치된 말이 공간을 규정하고, 지금 그곳에서 빠져나가고 있다.

여기서 글줄은 단순히 연속성에 대한 기대를 충족시키려고 다시 등장한다.
다만 연속성을 느끼려면 더는 보이지 않는 앞 페이지를 기억해야 한다.
연상은 기억에 의해, 개연성으로 형성된다.

본문은 머리글과 연관해 읽힌다. 여기서 머리글은 위에 이미 등장했고, 그럼으로써 포괄적 주제 또는 담론의 틀에 자리 잡았다. 머리글은 책을 읽는 독자를 안내해 주는 내비게이션 역할도 하지만, 페이지에서 차지하는 위치 덕분에, 어떤 기준틀을 창출하기도 한다.

만약 위 머리글이 '조형 논리와 레이아웃 관습'이라면, 이 페이지의 내용도 그에 관한 사례로 읽힐 가능성이 크다. 독자는 머리글이 단언하는 바에 따라 특정 이해나 질문, 호소, 또는 그런 이해에 대한 항의로 나아간다. 머리글은 강력한 화살표. 본문은 모순되는 내용을 스스로 단언하며 머리글에 맞설 수도 있다. 이 본문은 본문의 역할을 다루지 않는다. 또는 그렇게 주장하고자 한다.

본문은 워낙 익숙해서 관습이 거의 드러나지 않는다. 문단은 논증을 세분화하는 수사적 기능을 어떻게 수행할까? 짤막한 공백은 논증을 여러 부분으로 자르는 간단한 부호이자 신호다.

페이지 예법은 정해진 규칙을 따르는 경향이 있다. 순서와 인접 관계에 관한 규칙은 워낙 깊이 내면화된 터라, 페이지 구성은 강요하지 않아도 그런 지침을 따른다.

1) 번호 매긴 절에는 나름대로 자율성이 있지만 없다.

2) 이들은, 순서는 정해져 있지만 단위 같은 성질이 있어서, 매끄러운 전환 없이도 작동한다.

3) 어떤 진술이건 번호 붙은 목록으로 나열할 수 있다.

4) 마지막 줄은 결론이 아니라 사족일 뿐이다.

연속 독서와 불연속 독서는 같은 본문 공간에서 일어난다. 형식이 읽는 방식을 결정하지는 않지만, 가능한 개입 방식은 구조화한다.

예를 들어, 여기에는 두 단이 나란히 병치되어 있다. 이들은 정해진 순서대로, 왼쪽에서 오른쪽이라는 독서 관습에 맞게 읽으며 질서 정연한 관계를 맺을 수도 있다. 그러나 두 단은 나란히 서서 각기 다른 주제를 소개하며 서로 더 이목을 끌고, 페이지에서 우위를 선점하겠다고 다투는 경쟁자 사이인지도 모른다. 결국에는 왼쪽 단이 승리하겠지만, 글에서 어떤 부분은 다른 글과 가까이 이웃한 덕분에 이득을 볼지도 모른다는 생각은 남는다. 두 글은 어떤 말을 주고받을까? 단 사이 공간은 어떻게 가로질러 읽어야 할까? 두 단이 명확히 대화를 나누는 것은 아니다. 실제로는 경쟁 관계에 있지도 않지만, 페이지의 모든 요소가 그렇듯, 두 단은 서로 논전(論戰)을 벌이는 사이다.

이 단은 다른 단에서 독립하려고 한다. 그러나 과연 새로운 논술을 실제로 개진할 만큼 충분한 독립성을 확보할 수 있을까? 이 단락은 왼쪽에서 한 말과 오른쪽에 나타나는 말을 잇는 경향을 보일 것이다. 인접성은 극도로 강력하다. 그러나 절대적이지는 않다.

단에 있는 공백을 보면, 삭제된 부분이 맞은편 페이지에 나타나는 것처럼 느껴질 것이다. 시각적 논술은 형태, 형식, 시각적 특징을 통해 전개되는데, 이들은 모두 역동적 체계에 속한다.

이것은 종속된 글이다. 격이 낮은 위치에 앉아 있다. 위에 있는 본문에 맞서 권리를 행사하려면 전복 행위에 호소할 수밖에 없다. 그러려면 본문에 맞서 병치에 관한 논증 전체가 무가치하다거나, 아니면 적어도 종속된 글에 포함된 주석이 하는 일에는 비할 수 없다고 진술해야 할 것이다. 종속된 글은 대체문, 즉 고려는

본문 일부를 멀찍이 떨어뜨려
놓되 맞은편 페이지와 연결되도록
위치를 신중히 계산함으로써,
인접성의 위력을 역으로 증명할
수 있다. 이 외부자는 따로 노는
글일까? 아니면 다른 부분과
연관될까? 어떻게 간주해야 할까?

할 만하되 논증이 되지는 않고 그럴 수도 없는 측면을 제안함으로써 상관에게 대들기 좋아한다. 이렇게 딱히 억압당하지 않는 불평을 딱히 미묘하지도 않게 떠들어 대는 영역이지만, 분위기에 따라서는 유익한 이견을 밝히는 역할을 맡기도 한다.

잠시 멈춤. 비어 있지 않음. 예견. 가능성을 환기함.

(이 공백은 불안을 자극하면서 질문을 던진다. 무엇이 존재할 수 있는가, 무엇이 존재해야 하는가, 무엇이 존재할지 모르는가. 기대가 넘친다. 우리는 빈 공간에 느닷없이 맞닥뜨린다. 이 여담이 없었다면, 그런 느낌이 분명히, 더 강하게 들었을 것이다.)

한 페이지가 제공하는 공간은 유한하다.[1] 우리는 공간이라는 제한된 경제에 맞추어 페이지의 용량을 상상한다. 책 형식의 관습들은 다양한 기능을 제공한다. 제시 또는 기입(말 그대로 책에 있는 것), 재현(기입된 기호가 내신 세시해 주는 것), 내비게이션(길잡이), 오리엔테이션(전체 공간 안에서 방향 찾기), 참조(연상, 연결, 연관으로 이루어지는 두터운 세계) 등이 그와 같은 기능에 해당한다. 내면적 놀이, 즉 작품의 공간 안에서 구조화되는 연상의 장을 이야기할 수도 있다. 논증 공간, 주석, 논지, 본질과 논제의 추상화 – 이 모두가 파라텍스트 안에 구조화되어 있다.

유한성은 환영이다. 물리적 공간의 한계는 측량할 수 있고, 일정 기준에 따라 확정할 수도 있다. 그러나 글에 내포된 연상 장에는 무한한 기회가 있어서, 끝없이 갈라지거나 <small>여러 생각을 좇아 탈선할 수도 있다.</small> 심지어는 단어 하나에서 시작한 연상이 글 전체를 뚫고 지나갈 때 <small>문장 구성 수칙을 무시할 수도 있다.</small> 도 있다. 단단하게 굳은 인쇄 형식

	훑고	떨어
	희고	덜어
	휘어	넣어
	불어	얼어
	빚어	빌어
	밀어	받아
	먹여	배워

에서는 그처럼 증식하는 잠재 의미에 탐닉하기 어렵다. 그러나 디자인에서 다중 행렬이 가능한 화면 공간에서는, 다차원 구성의 특징을 더 충분히 활용해 글 쓰는 법을 배우기만 한다면, 그런 탐닉이 <small>연상 작용은 어느 지점에서 시작하건 무한히 증식한다.</small> 허용될지도 모른다. 하지만 화면 공간의 잠재성에 눈을 돌리기 전에,

1. 실질적 유한성과 개념적·이론적 무한성의 차이를 유념해야 한다. 그러나 가독성과 기본적 기능성을 목적으로 할 때, 말 그대로 물리적 페이지는 유한하다.

각주를 페이지 아래쪽에 종속시키는 관행에는 각주가 원하는 만큼 얼마든지 공간을 차지하게 된다는 장점이 있다. 각주가 참고 사항을 넘어 논증과 논박을 구조화하며 단언하기 시작하면, 꽤 공격적으로 변할 수도 있다. 파라텍스트 수행에는 다스리기 어려운 독자적 잠재성이 있으며, 수십 년간 이 잠재성이 어떻게 활용되었는지 살펴보면 어떤 목적에 봉사했는지 – 진지한 학술 연구와 긴 주석, 상술, 논란, 놀이 등 – 도 확인할 수 있다.

먼저 다이어그램 관계에서 나타나는 구체적 특징부터 살펴보자. 기본 원리, 일차 이동, 위치와 연관된 이동이다. 이 문단은 위에 있다.

이 진술은 아래에 있다.[2] 첫 번째 원리는 상대적 위치다. 모든 위치는 상대적이다.
곁에   멀리
    가까이.
우리의 가치 연상은 인접성과 그에 내포된 행동 유도 기능에 따라 달라진다. 다이어그램은 인접성의 효율을 극대화한다. 의미 값을 읽기 쉬운 그래픽 체계로 공간화한다.

또 다른 일차 이동은 내부와 외부에 연관되고, 다음과 같이 시연할 수 있다.

이것은 내부의 외부, 이것은 내부의 외부, 이것은 내부의 외부, 이것은 내부의 외부, 이것은 내부의 외부, 이것은 내부의 외부, 이것은 내부의 외부, 이것은 내부   의 외부, 이것은 내부의 외부, 이것은 내부의 외   이것은 내부다.   부, 이것은 내부의 외부, 이것은 내부의 외부이   고, 이것은 내부에 있는 것의 외부에 있으며 내부의 외부의 끝이므로 정의상 외부에 머문다.
    이렇게 제시하면, 내부/외부의 정황은 중립적이고 단정적이고 선언적이며 어떤 우열 구분 효과도 없는 것처럼 보인다. 마찬가지로, 곁에, 멀리, 가까이, 옆에, 평행하게는 모두 얼마간 중립적이다. 다만, 우리는 위와 아래에 일정한 의미가 있다는 사실을 인정한다. 위는 마

2. 사이 공간은 중립적이지 않다. 오히려 확정적이고 기능적이다. 머리글과 꽤선, 그들과 본문 사이도 그렇다. 여백은 본문이 안쪽으로 빠지거나 주변 세계 공간으로 추락하는 일을 막아 주므로 무척 중대한 공간이다. 흰 공간은 세간(世間)과 어간을 구분해 준다.

치 자신이 고차원인 것처럼 언제나 형이상학적 우월성을 주장하는 반면, 아래는 버팀대, 단단한 바닥, 사유 형식의 토대이자 실재 역할을 맡는다. 이 모두 관계 체계 밖에는 어디에도 근거가 없지만, 모든 가치는 관계의 체계 안에서 생성된다. 체계에 끝이 있긴 없긴, 유한하건 무한하건 마찬가지다. 보는 순간 지각의 단편이 어느 장에건 있는 잠재성 파형을 납작하게 만들기 때문이다.

이처럼 단순한 선언적, 묘사적 일차 이동 접근법은 거의 무한한 자질을 부여해 가다듬을 수 있다. 높은 곳에 놓인 머리글에는 어떤 정서적 성질이 있으며, 평범한 본문에서 거리를 둠으로써 드러나는 귀족적 무관심은 무엇인가? 일정한 속도로 행진하는 본문은 미끄러지듯 움직이면서 때로는 조롱하고 비아냥대며 틈만 나면 자신을 깎아내리려 드는 각주의 성품에 어떻게 맞서는가?

*   *   *

굵은 활자로 짜인 첫 줄의 기념비적 힘은 새로운 절 첫머리에서 어떻게 작동하는가? 어조가 바뀌면 어떤 강도와 자신감이 선포되는가? 그야말로 자질이라 할 수밖에. 그리고 자질은 목소리 억양과 섬세한 몸짓처럼 미묘하고 무궁무진하다. 그러나 공간화한 수사를 가다듬는 데는 몸집과 수행 면에서 미묘한 차이가 빚어내는 효과에 머물지 않는 특수성이 있다. 페이지 위 요소들이 서로 싸움을 벌이게 하는 논전, 또는 그에 대한 대안으로서 겉보기에 조화로운 평형의 차분한 효과 등은 최종 레이아웃에서 대부분 지워지거나 엄폐되는 극적 동작의 산물이지만, 형태 문법과 기하학이 그런 동작의 그래픽 표현이 나타난 과정을 복원하듯, 이들 동작도 확실히 복원할 수 있을 것이다.

병치는 균등을 가장한다. 이런
착시 이면에는 경쟁이 숨어 있다.
'이것이냐 저것이냐'의 긴장은
'이것도 저것도'의 충동과 다툰다.

병치는 균등을 가장한다. 정렬
조건과 연관된 사이 공간의 힘만
따져도, 해소 불가한 상황을
만든다. 이 둘은 같은 글이 아니다.

이번에는 섬세한 위계를 창출하는 공간 이동을 한번 시연해 보자.
이어지는 글줄들은 한 단계씩 위계가 낮아지면서 해당 글줄이 바로
위 글줄들에 끼워 넣어진 관계를 시사한다.[3]

글줄 들여 짜기 값을 바꾸면서 동시에 글자 크기도 바꾸면,
단락 사이의 종속 관계는 더욱 뚜렷하게 표현된다.

글줄을 한 단계씩 들여 짤 때마다 본문은 점차 더 자세한 논증으로
들어가는 것처럼 보인다. 전체를 뒤덮듯 공간을 점유하는 첫 문단이
괄호가 되고, 그 안에서 상세 설명이 이루어지는 듯한 모양이다.

글줄 덩어리 사이에 공간을 아주 조금만 더하면, 의존 효과와 자율성
효과가 오히려 커지는 역설이 빚어진다.

한 덩어리가 독립해 제 공간을 확보하면, 윗부분과 너무 붙을 때보다
명확하게 전체 관계를 명시할 수 있다. 일단 이 공간이 출현하면,
본능적으로 앞으로 되돌아가 다른 부분에도 이를 적용하고 싶어진다.

하지만, 일단 계단을 따라 축소 과정을 계속해 보자. 꼬리를 물고
이어지는 세부 층은 트리 구조를 형성하는 것처럼 보인다. 글줄에
번호를 붙이면 기계적 종속 관계가 나타날 것이다.

상위 단계로 되돌아가면, 앞에서 논한 쟁점을 또다시 거론하는
방향으로 논증이 진행된다는 신호가 된다.

마지막에 첫 단계로 되돌아가면, 마치 괄호가 닫힌 것처럼 논의가
종결된 느낌이 든다. 그러나 사실은 진행 중이다.

3. 이 책은 그래픽 디자인 교과서가 아니다. 만약 그랬다면, 이 문단이나 이어지는 문단들처럼 붐비는 효과는
피했을 것이다. 그러나 처음 몇 문단의 불편한 인접성 효과는 바로 그 효과를 시연하려고 의도된 것이다.

끼워 넣기는 틀 지우기와 대조해 볼 수 있다. 틀 지우기는 다양한 방식으로 읽을 수 있다. 글 하나를 다른 글로 감싸는 방법은 부수적인 글을 안전한 위치에 가두는 보호 구금 조치일 수도 있고, 어떤 글을 포위하고 소유하기 위한 초기 조치 일부로, 즉 다른 글을 향한 제국주의적 충동으로 읽을 수도 있다. 틀 지우기에는 출입구가 있어서, 적어도 구조가 시사하는 바로는, 틀 지우는 글의 튼튼한 팔에 감긴 글이라도 원하기만 하면 자율적 공간으로 다시 이동할 수 있다. 감싸인 상태일까? 아니면 억류된 상태일까?

이것은 틀 지워진 글이다. 더 큰 글을 파낸 공간에 편안히 앉아 있다. 이 글은 자신을 둘러싸는 글에 관한 논평일 수도 있고, 여담이나 삽입 구문, 예문, 또는 특정 개념이나 쟁점에 관한 부연일 수도 있다. 각주나 방주(旁註)가 아니라 전체의 일부가 되는 글.

　크기 관계에 변화를 가하면 틀 지우기의 역학 관계에서도 변화가 일어난다. 이 글은 틀 지워진 글보다 글자 크기가 작으므로, 중요도 면에서 부차적인 것처럼 보인다. 다중 변수를 활용함으로써 크기 위계를 상대적 배치 및 위치와 결합해 보면, 중요도의 우선 순위에 관한 인식을 바꿀 수도 있다. 이 표현에서는 어떤 글이 어떤 글을 보조하는가? 어떻게 그런 일이 가능한가? 만약 이 페이지가 필사본이었다면, 틀 지우기 구성은 문서가 작성된 시간 순서를 드러낼 것이다. 틀 지우는 글은 틀 지워진 글을 먼저 쓴 다

큰 글자는 진술의 권위를 드러낸다. 이 글은 심지어 자신에게 틀 지우는 글마저 지배하는 것처럼 보일 수도 있다. 어디까지나, 그럴 수도 있다는 뜻이다.

음에 작성한 것으로 여겨야 자연스럽기 때문이다. 인쇄된 지면에서는 공간에서 일어나는 사건을 모조리 어느 정도 미리 계획하므로, 틀 지우는 글이 전부터 있었으며, 여기에서는 내용상 연결이 용이한 관계를 형성하도록 배치되었을 따름이라고 추측할 수도 있다.

품위는 어떤 페이지에든 수사적 힘을 더해 준다. 조잡한 페이지는 이제 그만. 끼워 넣기가 얽어 짜기로 바뀌면 국면이 전환되기도 하지만, 요소 간 상호 관계가 다각적이라는 사실이 암시되기도 한다. 끼워 넣은 글에는 위계가 있고, 왼쪽 여백 위치는 논증 요소 간 관계를 조직하거나 기존 이야기 안에서 새로운 이야기가 시작된다고 알리는 수단으로 활용된다.

이어지는 끼워 넣기 실연을 보면, 서사가 전개되거나 논증이 제기되는 동안, 안에서는

> 논증에 등장하는 논점이나 언급이 스스로 하나의 토론 영역이 되고, 첫 번째 프레임의 내부 공간으로서 독자적으로 규정될 것을 요구한다. 그러나 그 프레임은 또한
>
> > 독자적으로 전개되는 기록이나 참조, 완전한 자율 지대에서 제기되는 온갖 논점과 수식, 비유와 심상, 개념과 쟁점을 논하는 방향으로도 열린다.
> >
> > > 그러나 위에서 말한 논증 세목 역시 별도 담화, 담론, 여담, 질문으로 주목받으려고 다투는 또 다른 주제를 시사하고, 따라서 이 수준은 또 다른 자기 지시 영역으로 열린다.
> >
> > 어떤 화제가 무대에 돌아오면, 여백과 글자 크기도 원래 자리로 돌아오고, 그러면서 앞에서 전개된 기록이나 논급(論及)이 다시 거론될 수도 있다. 정렬 방식은 메아리/반향과 연속성을 모두 알린다.
> >
> > > 또 다른 세목이나 호소력 있는 논증 또는 서사 요소가 언제든 나타날 수 있고, 앞서 열린 논의에 참여하며 상위 논증의 전향 추동에 호소력 있게 개입할 수도 있다.

어떤 논증은 작품 전체에서 꾸준히 전개되는데, 그 궤적은 다양한 정렬로 표시되는 단락들을 따라가면 간단히 추적할 수 있다. '담론 구조를 통해 말하기'라는 조작극은 각 층의 상대적 자율성을 존중하는 가운데 한 층에 또 다른 층을 끼워 넣는 식으로 이루어진다. 연상은 시각적 표현이 아니라 수준을 넘나드는 가상적 연결을 통해 형성된다. 연상은 충족된 도발이다.

읽어 짜기는 끼워 넣기에 비해 위계가 강고하지 않다.

읽어 짜기 조건에서는 한 글이 다른 글보다 작을 필요가 없지만,

끼워 넣기의 예로는 글줄 사이에서 일어나는 논의와 주석이 있다.

작게 쓰인 경우에는 해당 글의 부차적 위상이 즉시 확립된다.

이는 대화, 반박, 이의, 동의, 확대, 확장, 그 밖에도 무한히 많은 입장

이 글은 읽어 짜기의 역할이 단지 주석에 있다고, 즉 삽입 대상이

가운데 무엇이든 형태로 취할 수 있다.

되는 글과 무관한 설명에 있다고 시사할지도 모른다. 그러나

읽어 짜기는 글을 복잡하게 한다.

사실은 반대다. 이 글 때문에 첫 글을 따로 읽기는 어려워진다.

읽어 짜기에는 텍스트 생산(승산)이 일어나는 장에 대체용

말장난과 동음이의어는 대체 축에서 본문과 읽힌다. 그러나 그들이 괄호로 묶이면 효과는 둔화/무화된다.

글(굴)이나 모순되는 형태를 도입하는 방법으로 접근할 수도 있다.

언뜻 보기에 발췌 인용문은 가설들을 엮어 짜는

여러 수준의 글이 들락날락하면서 작동하면, 읽어 짜기 개념은 더

읽어 짜기라는 말은 연상이나 순열과 밀접한 관계가 있다. 변수

확실해진다. 글과 글 사이, 하나의 글과 여러 글 사이, 여러 글과 작품

는 암시 덕분에 내면으로 증식한다. 마찬가지로, 변수들은 현존

내외 모든 글의 관계는 최대로 얽힌 장을 창출한다. 끼워 넣기의

하는 글을 다른 계보들의 가능성과 확고히 연결한다. 글줄 사이

최대 효과가 글 한 편의 작용 장 안에서 긴장을 생성하는 데 있다면,

읽어 짜기는 그 연상을 덧씌우기로 구현하는데, 거기서 인접성

읽어 짜기의 최대 효과는 어떤 단일 글이라도 다른 모든 글의

은 가상적이면서도 보이는 그대로 드러난다.

매트릭스와 연결하는 데 있다.

글이 단순히 페이지에 등장하는 것만으로써 홀로 서려 할 때, 방해받지 않을 확률은 얼마나 될까? 거의 무에 가깝다. 하나의 글이 다른 글을 끌어당기는 힘은 사실상 저절로 주석을 생성하다시피 한다. 마치 개입하고 반박하고 다른 진술에 관한 진술을 만들어 내는 기능이 글 자체에 내재한 것처럼 보인다.[4] 어떤 진술이든, 단지 쓰였다는 이유만으로도 논란의 씨앗, 또는 적어도 대화의 씨앗을 품는다. 모든 단언은, 아무리 부드러운 단언이라도, 페이지에 놓인 본문의 모양만큼이나 명확하기 마련인데, 그 모양이 하는 말, 나는 여기서 시작해서 저기서 끝난다, 이는 허구 또는 그 일종일 수밖에 없으니, 어떤 경계 긋기도 스스로 지속할 수는 없기 때문이다.

들여 짜기 행위, 전체를 다시 시작하는 행위는 모든 요소가 서로에게 빚을 진다는 사실에 최초로 고개를 끄덕인다. 형태 간 상호 의존

일에 맞물려 들어가기가 불가능할 것 같다.[5]

성은 페이지에 요소가 등장할 때 활용되는 체계의 상관성 원리에 해당한다.

이것은 또 다른 부분이고, 정립된 습관을 준수함으로써 앞서 나온 부분에 자신을 결부시킨다. 글의 모양은 안쪽 여백과 바깥 여백이 필요함을 인정하지만, 종이를 가로지르는 글줄의 단순한 행진은 예절을 갖추도록 단련된 규정에 따라 공간을 차지한다. 이 페이지에서 단 한 차례 벌어지는 간섭은 다른 곳에 또 다른 담론이 존재함을 보

4. 낮은 심도는, 밀어 올리고 웅크리기를 동시에 하면서, 저항력으로서 제 존재를 다시 한번 확인한다. 작고 낮아 쉽게 무시당하지만, 또한 눈길을 끄는 곳이기도 하다. 작아진 크기는 상대적 은폐 기능을 수행하는 듯도 하다. (그게 사실이고.) 각주는 아래 공간에서 작동한다는 사실 탓에 덜 중요해 보여도, 이처럼 빠듯한 분절로 압축되어 감금된 에너지로 충만하다. 글줄은 너무 길어지고 읽기에도 어려워지지만, 주목도에서 크기 변화를 좌우한다.
5. 커다란 글자로 각주를 소개하면 담론의 연속성이 위협받는다. 저 숫자는 어디에 있는가? 어떤 글의 흐름에 속하는가? 호출의 힘을 또다시 보강하면서 본문의 연속성을 훼손하는가?

여 주는데, 거기서 연속성은 크기와 배치로 표현된다. 이들은 인쇄술의 관습이고, 화면 공간의 무한성에도 수정되지 않은 채, 금속 형태를 위해 개발된, 견고하고 나란하며 꽉 막힌, 나중에는 사진 식자와

글 한 줄이 끼어들면서 일어나는 교란 효과

디지털 제작의 관습으로 전수된, 심미적 규칙의 구속을 여전히 받아가며 작동한다.[6] 우리는, 말 그대로, 이러한 선을 따라 생각한다. 어느 정도는 그 선들이 너무나 완고하고, 규칙적이고, 규율 잡히고, 익숙하기 때문이다.

그러나 이렇게 큰 글줄은 얼마만큼 공간을 차지할까? 그 공간은 무엇일까? 글줄들은 본문 위에 있나? 아니면 안에 있나? 페이지 중간 어디에 착지하거나 주저앉게 될지 괘념치 않고 한 장에서 다른 장으로 달려오듯 그렇게 들어오는가? 글 읽기를 도우려는 목적으로 존재하는데도, 그들은 강요된 듯하고, 강요하는 듯하며, 거의 강압적이기까지 하다. 큰 글자는 스스로, 매우 노골적으로, 중요성을 선포한

는 해당 글줄이 차지하는 공간 때문에 발생한다. 아마 자명해 보일 것이다.

다. 이처럼 커다란 진술은 나머지 글을 배경 진술처럼 보이게 한다. 다른 대안이 있기는 할까? 상상할 수 있을까? 글이 달리 어떻게 행동할 수 있을까?

---

6. 다른 관습도 있고, 다른 사례는 많다. 이들은 아날로그 기술의 풍성한 창고와 아직 탐구되지 않은 디지털의 잠재성에 있다. 감싸고 펼치는 힘, 출입과 조직의 행렬과 축, 계산되고 전산 처리된 디스플레이 라인, 대규모 처리 분석 등은 모두 다차원 디지털 공간 몫이다. 페이지 공간의 차원은 금속 활자가 감당할 수 있는 것보다 방대하다. 이제는 전통적 디자인도 새로운 기술적 가능성으로 뒷받침할 수 있다.

대안에는 어떤 것들이 있을까? 페이지라는 장면에서 그들은 어떻게 존재를 상연할 수 있을까? 그들은 어떤 역동적 힘을 불러일으킬까?

방주는 담론의 참견꾼이자 읽는 법을 지시하는 명령, 비판적 사고를 자극하는 잔소리이다. 이들은 화살처럼, 사소한 간섭처럼, 길가에 뒹구는 자갈처럼 페이지에 들어온다.

어떤 기회든 바라기만 하면 잡을 권리가 있다는 듯, 그들이 멋대로 영토에 행진해 들어가서는 안 된다. 혹시 그래도 될까? 처음에는 곧 떠나갈 것처럼 보이겠지만, 그들은 자리를 고수하며 숨은 의미에 관한 대화와 혼란을 본문

바깥쪽을 향할까? 아니면 주석은 내향성을 강조하며 본문을 재고하고 재독하게 강요할까? 무슨 말이 나오는지 다시 보라고. 본문에 관해 질문하라고. '대화'와 '혼동'을 구별해 읽으라고. 마치 '혼동' 대신 '운동'이 나왔어야 하며, 그로써 비난하는 진술 대신 긍정적인 진술이 쓰였어야 한다는 듯.

전체에 더한다. 본문은 응집된 중심에서 바깥으로 끌려 나오며 파편화하고, 그러면서 대항 담론의 탈중심 효과를 인정한다. 작품 하나에 중력 중심은 몇 개나 나타날까? 그래픽 공간에서 회전축은 어디에 있을까? 에너지가 집중적으로 누적되는 곳은 어디일까?

삽입의 기술, 또는 시도는 글을 하나로 묶어 주는 가장자리를 서서히 공격한다. 방주는 이미 본문에 파고들었다. 이는 뚜렷한 압박 지점을 형성하는데, 경계가 뚫릴지도 모른다는 위협은 바깥 가장자리에 맞서 글줄이 자리 잡은 모습으로 가시화된다. 방주와 본문 사이의 얇은 공간에서는 페이지의 다른 영역에서보다 훨씬 강한 전하(電荷)가 발생한다. 이 좁은 틈에 전선이 형성된다.

여백에 등장하는 글 조각마다 압력 값을 할당한 다음 그 값을 합산하면, 중심 본문의 고유한 중력을 초과하는 무게가 나올까? 안구 운동이나 글 읽는 습관이 아니라, 체계 안에서 요소들이 실제로 가하는 효과를 말한다.[7] 가장 역동적인 힘을 지닌 요소는 무엇일까? 무게 중심은 어디일까? 균형 축을 그어야 한다면, 어디에 그어야 할까? 그보다, 방주의 압력이 어떻게 나름대로 본문에 개입하는지 보여 주려면, 오히려 일련의 벡터가 필요할까? 이 경우, 삽입의 감각, 침투의 감각, 다른 글의 경계를 침범하거나 그에 첨언하려고 애쓰는 글은 인접성을 격화한다. 한 구역을 다른 구역으로부터 보호해 주는 것은 최소한으로 얇은 공백뿐이다.

7. 글 읽기의 기계학은 사후 효과이고, 생산으로서 글을 구성하는 요소인 것이 당연하지만, 본 논의는 다이어그램 같은 글쓰기 체계에서 효과들이 지니는 구조화 원리를 인정하는 데 의도를 둔다.

선형성이 폭압적이라는 지적은 순진할 뿐 아니라 불필요할 정도로 신파적인 말처럼 보인다. 기입 방식과 텍스트 생산 방식은 서로 유사한 형태를 띠지 않는다. 기술을 통해 굴절된 습관 때문에 우리가 놓치고 있는 것이 바로 기입 활동을 다시 상상하는 일이다. 그

의미는
일련의 질문이
글 안의 어떤 지점에서
건 열릴 수 있으며, 그
러면서 원칙적으로는

간단한 사례로서 가지 뻗는 글, 바꾸어 말해 다른 대체문을
좇거나 또는 적어도 논증 안에서 새로운 경로들을 개척해 나가는 글로써 설명할 수 있다. 그러나 이러한 사유의 흐름은

무한히 증식하며 나름대로 꾸준히 전개될 수도 있는, 그런 세분화 과정을 개시한다는 뜻이다.

위 글에 나타나는 저 이상한 아포리아는 심오한 수준으로 심란하다. 어쩌면 익숙하지 않아서 그런지도 모르겠지만, 저 이상한 공백은 마치 글을 대피시키고 가장자리로 떠밀고 옆으로 옮기는 압박 지점처럼 보인다. 가지 뻗은 논증의 연속성은 선뜻 명확하게 드러나지 않는다. 이와 다른 조직 전략을 찾아 대안으로 삼아야 한다. 이음줄이라 불리는 형태가 한 위치와 다음 위치를 포물선으로 연결하면서

부수적 관계들이 표현되는 공간을 만든다고 상상해 보자. 다른 구역들이 설정되면, 그들도 활동을 즐길 자유가 생긴다.

첫 번째 논증을 보완하는 새로운 논증의 가지를 만들어 내고, 그와 동시에 그 논증이 독립적으로 전개될 수 있도록 허락한다고 상상해 보자. 역동적으로 접히는 스크린 공간에서 이음줄 논증의 수는, 원칙적으로 말해, 무한하다.

끼워 넣기가 다시 등장한다. 논증을 다듬거나 그에 개입하는 부수적 논증을 열어 주는 증식 기법이 된다.

대체 가능한 이야기는 위치를 통해 정체를 확인할 수 있는 배열을 만든다.

설사 이음줄이 돌아오더라도, 글 자체는 환상에 불과한 완결 상태로

들여 짜기의 힘은 위계 조직의 힘처럼 어디서나 자명하고, 자신만의 자에 계산된 눈금을 이용해 작용한다.

　이 경우, 족보 없이 허공에서 도려낸 인용구는 곧 자신을 종속시킨다. 부차적 위치를 차지하고, 첫 본문에 봉사한다. 분란은 없다.

인용이 끝나고 닫히고 중단되어도, 시각적으로는 여전히 눈에 띄는 상태를 유지한다. 다른 인용 방식, 특히 문장에 끼어드는 인용구, 예를 들어 『특정 저작물』은 높은 공간을 요구하고 사용할 방법을 스스로 빈도로 인용할 필요가 있다면, 찾아야 할 것이다. 마치 본래 논의와 유관한 다른 저자의 작품을 인용하듯 같은 저자의 『초기 작품』을 인용하는 경우가 있고, 해당 저자가 권위자이건 아니건, 일각에서는 알려졌지만 다른 사람들에게는 알려지지 않은 그런 저자의 『다른 작품』을 인용하는 경우도 있다. 그러나 이런 일에서 참고 문헌 표기가 중요한 건 아니다. 인용구가 가리키는 연상과 참조의 공간 장 때문에, 본문 장의 결절 역학은 무척이나 불안정해진다. 우리가 페이지에서 이만큼 아래로 내려왔을 때는, 중요한 무엇인가를 이바지할 가능성은 이미 줄어든다.

　평행이 불가능하다는 점, 즉 어떤 글이 다음 글과 동등하게 흐를 가능성은 없다는 점은 공간 관계가 얼마나 복잡해질 수 있는지 보여준다. 평등이 위계를 이길 수 있는 구조는 무엇일까? '다음'이란 무슨 뜻일까? 병치는 아닐 것이다.

　이 글은 아래와 평행한가? 아니면 그것을 지배하는가?
　이 글은 위와 평행한가, 아니면 그것에 종속되는가?
　글을 굵게 쓰면 평행 상태가 깨질까?

텍스트 실천에서는 그 무엇도 평행할 수 없다면 어찌해야 할까?

돌아가지 않을 것이다.　　　　　　　22

순종적이고 굴종적이고 필수적인, 저 안쪽 여백. 그들이 없다면 본문
은 난잡한 혼란 속으로 허물어져 버리고 만다. 그러나 그들은 또한
개입이 일어나는 현장, 한 첩의 연속성을 보여 주는, 형식으로서 책
의 기본적 통합 구조를 보여 주는 장소이기도 하다.

이 분해되어 사라지지 않도록 지켜 주는 안쪽 여백은 필수적이다. 물리
세계의 일부이지만, 경계의 온화한 긴장이 감시를 늦추는 법 없는 공간 질
기도 하다. 안쪽 여백 공간이 침범당하면, 공간 봉쇄가 근본적으로 무너
주목의 공간에서 에너지가 빠져나가는 유출, 삼출이 일어난다.

조직화와 질서는 곧

초월적 가치가 아니라 학습된 행동을 지정한다.
서로 교환할 수 있는 단어처럼 보이고 싶어한다. 왜 그럴까?

담론의 세분화가 현존하는 관습을
비웃을 필요는 없지만, 단지 가까워
보임으로써 그럴 수는 있다.

지루해지기 마련이다. 정신은
확장되기를 원한다.

확장한다는 것은 곧 숨을 쉰다는 것이고, 기입의 조건들을 다시 생각한다는 것이다. 주석으로 달린 글이
주요한 글을 둘러싸고 그로부터 지배적 질서를 빼앗으면 어떤 일이 벌어질까? 곧 알게 되겠지만,

자유로운 공간 글쓰기 실천이 장내에 펼쳐지기
시작한다.

(낡은 의미로) 가독성이 유지되는 한, 페이지의 역동적 공간은 그들을 특별히 제약하지
않는다. 가독성이 있는데 아무러면 어떤가? 여기서 크기 변화는 페이지를 목소리로
적시고, 표면의 투과성을 높인다. 아무튼 그것이 의도였다. 충분히 지속되면, 개입은 창조로 인정받고,
이어서 정상화할 것이다. 급속한 크기 변화와 꾸준한 침입/개입은 방법 또는 과정이 될 것이고, 그러면 글의
의미를 생산하는 가상 공간에서 외부 자원과 내면 담화, 외적 소통과 내적 성찰이 서로 교차할 것이다.

크기에 기초한 단언은, 지속 시간에 근거하는
것들과 마찬가지로, 반박할 수 없다. 하지만 그들의
가치를 효과로 혼동하면 안 된다.[8]

8. 첫 페이지로 돌아가, 기본 원리가 효과를 낳는 방식을 살펴보자. 배치는 명백한 분할을 낳지만, 요소가 늘어날 때마다 공간
속성이나 분할의 무게와 힘도 달라진다. 아무것도 홀로 서지 않는다. 상호 참조는 텍스트 관련 개념으로 이해되지만, 실은
그래픽적이고 역동적인 무엇, 요컨대 다이어그램으로도 이해해야 한다. 다이어그램 운용의 조건을 염두에 두자. 다이어그램은
작동하는 이미지다. 다이어그램은 의미 값을 공간화한다. 즉, 공간 조직의 그래픽적인 특징을 이용해 관계의 의미 값을
표현한다. 다이어그램 사유는 그래픽 조직을 의미 생산 체계로 옹호하며, 거기서 요소의 조직은 상호 관계를 통해 읽어내야 한다고
주장한다. 이 체계 안에서 배중할 수 있는 복잡성은 무한하고, 이들이 값을 구조화하는 방식은 무한정 명시되거나, 아니면 몇몇
핵심 원리로 환원된다. 몇 가지 일차적 이동, 굴절과 자질 개념 등이다. 모든 설정은 특정하다. 특수성의 정도는 고정된 명명법을
언제나 벗어날 것이다. 분류법은 언제나 부분적이고 불완전하며, 사례에 따라 확장되는 개방적 속성을 띤다.

한 줄이 페이지를 시작하면
　　다른 모두는 그에 대응해 몸을 웅크릴까? 아니면 겨룰까?
만약
　　글줄은 진술이 아니라 출발점이라면?
　　단일 진술은 더 큰 담론의 위장물이라면?
　　나온 진술은 나오지 않은 진술의 공간을 차지한다면?
　　모든 선택은 그 덕분에 가능해진 문장 대체를 향한 길이라면?
　　모든 조합은 구문론적 재처리를 기다리고 있다면?

만약 페이지 공간이 내면에 잠복하는 대안과 변이, 자원과 재료, 참조 대상과 조합을 다 드러낸다면? 선택된 것보다 선택지가 우월해서가 아니라, 구성에 필요한 선별 과정을 노출시킴으로써, 요소들에 의해서뿐 아니라 그들을 통해 의미가 생산되는 과정도 보여 줄 수 있으므로. 자원은 위계가 아니라 방사형 행렬을 취한다.

　　자원의 다중성을 드러내고자 한다면, 본문과 연관해 그들의 위치 문제가 심각해진다. 그들은 본문 내부에 있나? 아니면 사실은 페이지 공간 외부에 사는가.

이미 소화된
수는 없으리라.
이상한 모습으로
이른바 본문
가능한 스크린을
이해할 수 있다.
다른 하나
일련의 내면적

다른 글을 소화하는가 하면 스스로도 이미 다른 글에 소화된 글. 이 상황의 심각성을 회는 안와 같은서는 불수해 심바로 잡용하는, 조건적이고 상대적인 윤리 규정이 필요할지도 모른다.

출구가 거의 또는 아예 없는 상황인데도 생존 욕망은 있는, 철저하게 둘러싸인 글이다.

피해서 된다. 이 상황에만을 접관하거나 허

그들이 본문에
상태라고 상상할
그러면 너무
나타날 테니까.
'내부' 개념은 확장
이용해 쉽게
거기서는 하나에서
안으로 열리는
프레임을 통해

진입하거나 담론 내부 또는 주변 장을 향한 링크나 이음줄을 이용하면 어떤 작품 '안으로' 뚫고 들어갈 수 있다. 여는 행위와 둘러싸는 행위를 어떻게 구별해야 할까? 점잖은 행동과 호전적 행동의 차이?

또 다른 시도.

어떤 글이 자신 외에   다른 글과
　　　다른 무엇과   대화할 때, 둘 다 자기
　대화하고자 하는   자신이 될 수 있을까, 아니면
　건 언제일까?   둘은 별개일까?

아무리 영악하게 쓰였다 해도, 나란히 놓인 두 독백은 대화가 아니다. 다만, 인접성 덕분에 그들이 대화하는 관계에 놓일 수는 있다. 길게 뻗은 이 글은 위 문장들에 플랫폼을 제공하면서도 지배는 받지 않는다. 실제 대화는 어떻게 창출될까? 관습적으로는 순차 배열된 진술들로 표현되지만, 공간적 측면에서 대화는 간(間)텍스트적 움직임이고, 모든 요소가 다른 요소와 관계 맺는 놀이다. 이 본문은 배치와 활자 크기, 상자 크기를 통해 같은 페이지에 있는 다른 요소들을 참조한다. 안쪽 여백 너머 요소들보다는 위에 있는 글줄들과 더 적극적으로 대화를 나눈다. 각주를 더하면, 대화는 페이지 아래로 껑충, 사이에 있는 모든 것을 뛰어넘을 것이다.[9]

이 공간은 뛰어넘어졌다. 남은 것이 아니다.

9. 방주나 기타 주석과 마찬가지로, 각주는 언제나 대화 요소다. 당연하고 명백해 보이는 본문의 통일성을 잡아 찢고 본문의 투과성, 그 경계의 불완전성, 유한성의 불가능성을 입증한다. 이들은 텍스트의 원리이지만, 다이어그램 체계에서는 전체의 폐쇄성이 스스로 접힌다. 그래픽 조직의 요소들은 스스로 참여하는 구조의 한계 안에서 정의된다. 다만, 형태이자 형식으로서, 그들이 객체와 구조화 원리라는 더 큰 장과 대화하는 모습을 띤다.

무엇이 아직 언급되지 않았을까? 무엇을 여전히 명백하게 드러낼 수 있을까? 변명하는 글은 어떤 모습일까? 다이어그램 운용은 어떻게 이를 가능하게 할까? 어떤 글이 조건절 투성이라면, 변명이 널리 공감을 얻을 수 있을까? 그리드와 표, 나무와 가지, 부모와 자식의 위계, 정점과 간선, 열과 행렬, 공간적·수식적 비유의 다중성은 온갖 가능성을 시사한다. 효과에서 의미로 되짚어 읽으면 형태 상상으로 드나드는 길이 열린다. 가깝고 멀고는 상대적 조건이다.

예컨대 여기 이것이 어떻게 독자적으로 생명을 띠는지 보자.

아무튼, 겉보기에는 정적인 페이지라도 실은 역동적인 공간이라고 이해해야만 한다. 이 체계에서는 어떤 요소나 특징의 창발적·우연적 정체성과 운용에서도 요소 간 관계의 다이어그램 같은 작동이 결정적이다.

주석도 독자적인 생명을 띠고, 이를 디듬으면 세분화하기 시작하는 뉘앙스처럼 미묘해질 수도

생명? 무슨 생명?

있으며, 실제 외침처럼 강렬해질 수도 있다. 그런 생각을 부정하자. 또는 부차적인 글로 훼손당하게 하자. 한 진술이 다른 진술을 따를 필요는 없다. 그보다는 진술들이 페이지 위에서 싸우게 하자. 우위를 두고 겨루게 하자.

여느 포식 행위가 그렇듯이, 부정하는 행

명백히 역동적인 디지털 디스플레이 격투장에서도, 인쇄된 페이지 공간에 잠복한 다이어그램 같은 특징들은 재활성화할 수 있다. 일부 특징은 다른 아날로그 전통에 뿌리를 둔다. 필사본의 유연한 크기와 글쓰기 공간이 그렇

생명이란 무엇인가? 글에서 스스로 생명을 띤다고 주장하는 저 "이것"은 무엇인가. 글의 유전적 생명은 접합체가 풀리는 일만큼이나 필연적이라는 사실을 우리가 아는데, 누가 방향을 결정하는가.

다. 그 밖은 갱신, 재작업, 쓰러뜨리기, 크기 변경으로 가능해질 것이
다. 작문 실천의 관습만큼이나 미개발된, 행렬로써 가능해진 표시 방
법들. 우리는 대개 글쓰기 전에 내면화한 표시 규칙에 따라 글을 짓
는다. 그리고 이제 글쓰기는 전과 다르게, 즉 배열이 아니라 관계 체
계에서 작용하는 운동과 힘으로 이해될 것이다. 그런 관계가 정확히

첨언의 조건은 명백하지만,
권태와 불안의 조건은 그리
명백하지않을 것이다.

하위 논증이 기존의 본문 공간 안에 자리
잡으면, 권위와 승패에 관한 질문이 즉시
경백해진다. 이것은 주석인가, 아니면 가
로채기를 시작하는 움직임인가? 독자에
대한 예의인가, 아니면 글에 대한 공격인
가? 어느 글? 자율성이 없으면 고정된 우
위도 없다.

무엇이고 어떻게 작동하며 작동
할 것인지는 두고 볼 일이다. 일
단, 텍스트 놀이 작용이 생산되
는 기본적 맥락/시합에서 운용
을 수용하고 운용이 내놓는 반응
을 수용하는 일이 근본적이라는
점은 인정된다. 완전히 역동적인

왜 글은 다른 글을 염원하고,
접근을 준비하고,
친밀한 관계를 계획할까?

장에서는, 중심으로 이동하는 움직임 외에도, 여백이 주된 표현 무대
로 떠오를지도 모르고, 위계는 새로운 정권에 맞춰 한순간에 재배열
될지도 모르며, 관계의 구조화 활동은 변경될지도 모른다. 관계 체계
안에서 벡터의 힘과 연관된 원리들은 유지된다.

적 기동을 통해 벌어지게 하자.

페이지의 마지막 줄, 또 하나의 허구. 마치 끝맺음이 가능하다는 듯.[10]

10. 종결, 또 하나의 빤한 환영.

27

부록: 시연 이후, 진열

일차 이동(배열이 아니라 몸짓)
　　배치: 분할로 작용하는 위치, 구별 행위
　　관계: 만물의 상대성, 논전, 벡터의 힘
　　각개 요소: 펼쳐지는/휘감는 체계

자질과 다듬기(단순히 뉘앙스와 굴곡이 아니라 몸짓의 특정성)
　　끼워 넣기: 위계적 참조 프레임, 안쪽으로 한 단계씩
　　얽어 짜기: 글줄 사이 또는 공간적으로 복잡한 조건
　　감싸기: 보호 행위 또는 공격 행위
　　틀 지우기: 일부 감싸기에서 전체 감싸기로
　　둘러싸기: 높은 수준의 공격, 소유
　　종속: 공간적 우세와 열세
　　지배: 또 다른 위력 행사
　　보완: 대등성을 시도하기
　　평행: 이원론과 대화 시도
　　그림자: 잠복한 경향 노출시키기
　　지탱: 근본 기능 제공하기
　　훼손: 깎아내리기
　　부정: 극단적 훼손 시도
　　관여: 교환
　　첨언: 연결, 때로는 욕망에 따르는 충동
　　의존: 쟁점 있는 첨언
　　덧씌우기: 자명함
　　삭제: 무거운 덧씌우기
　　변명: 조금은/조금이라도 조건부로 다듬기

　　목록은 계속 늘어난다. 몸짓의 자질과 다듬기는 무한하다. 다만 그 공간적 움직임은 위에·아래·곁에·뒤에·앞에·도중에 등과 다양한 감싸기·둘러싸기·지탱·병치·행간 쓰기·첨언 등 그래픽 체계에서 가능한 상대적 위치로 제한된다.

　　정적인 듯한 페이지 공간 조직은 언제나 놀이에 참여하는 벡터의 힘으로 읽힌다. 우리는 형태 생성을 복원하는 것과 같은 방식으로, 페이지에서 일어난 사건의 역사를 복원한다.

28

문헌 요소:

    진술: 본문, 존재만으로도 선언적

    각주: 설명적

    주석: 대화 또는 대결, 무심한 경우는 거의 없음

    참조 번호: 역동적 가지 뻗기, 바깥을 향한 참조, 또는 내적 참조

    가지 뻗는 대체문: 선택적인 글

    이음줄: 지속적인 글

    머리글/꼬리글: 화살표와 라벨, 때로는 틀

디지털 네트워크로 연결된 역동적 프레임 공간에서, 각 일차 이동은 이차 이동들로 보완된다.

    열기

    연결하기

    쓰러뜨리기

    뚝뚝 떨어뜨리기

    미끄러뜨리기

    확대

    축소

    스크롤

    뚫기

    잇기

    닫기

    네트워크로 연결된 환경에서는 운동의 특성과 시간적·공간적 변화 속도가 그래픽 표현의 장에 활기를 불어넣는다. 역동적인 듯한 공간은 정적인 듯한 공간이 연장된 형태이지 전혀 다른 그래픽 표현이 아니며, 정적인 듯한 공간에 잠복한 것들을 '실시간' 인지 환영이나 여타 변화 속도에 따라 활성화하는 체계이지 판이한 체계가 아니다. 그래픽 표현의 기본 기능/역할은 같다. 제시, 재현, 내비게이션, 오리엔테이션, 참조, 연상이다.

    다이어그램 표현의 수사적 힘은 절대적이고 정적인 개체나 자율적 효과로 환원될 수 없다. 다이어그램 글쓰기의 관계 체계는 언제나 창발하고 조건적이며, 그 가치는 상대적이고, 그 효과 생산은 무궁무진하며 구체적이다.

내비게이션보다는 분석 도구. 작업의 내용을 또 다른 관점에서 보는 방법.

이 책은 철저히 자기 자신에 관한 책이 되는 데 최대한 근접한다.